JN251423

きょうは かぜで おやすみ

THE SICK DAY
Text by Patricia MacLachlan
Illustraions by William Pène du Bois

Text copyright©1979 by Patricia MacLachlan
Illustraions copyright©1979 by William Pène du Bois
Cover illustrations copyright ©1979 by William Pène du Bois
This translation published by arrangement with Random House Children's Books,
A division of Penguin Random House LLC.
Japanise publication rights arranged with The Marsh Agency Ltd
Through Japan UNI Agency, Inc.,Tokyo

大日本図書

きょうは かぜで おやすみ

パトリシア・マクラクラン／ぶん
ウィリアム・ペン・デュボア／え
小宮 由／やく

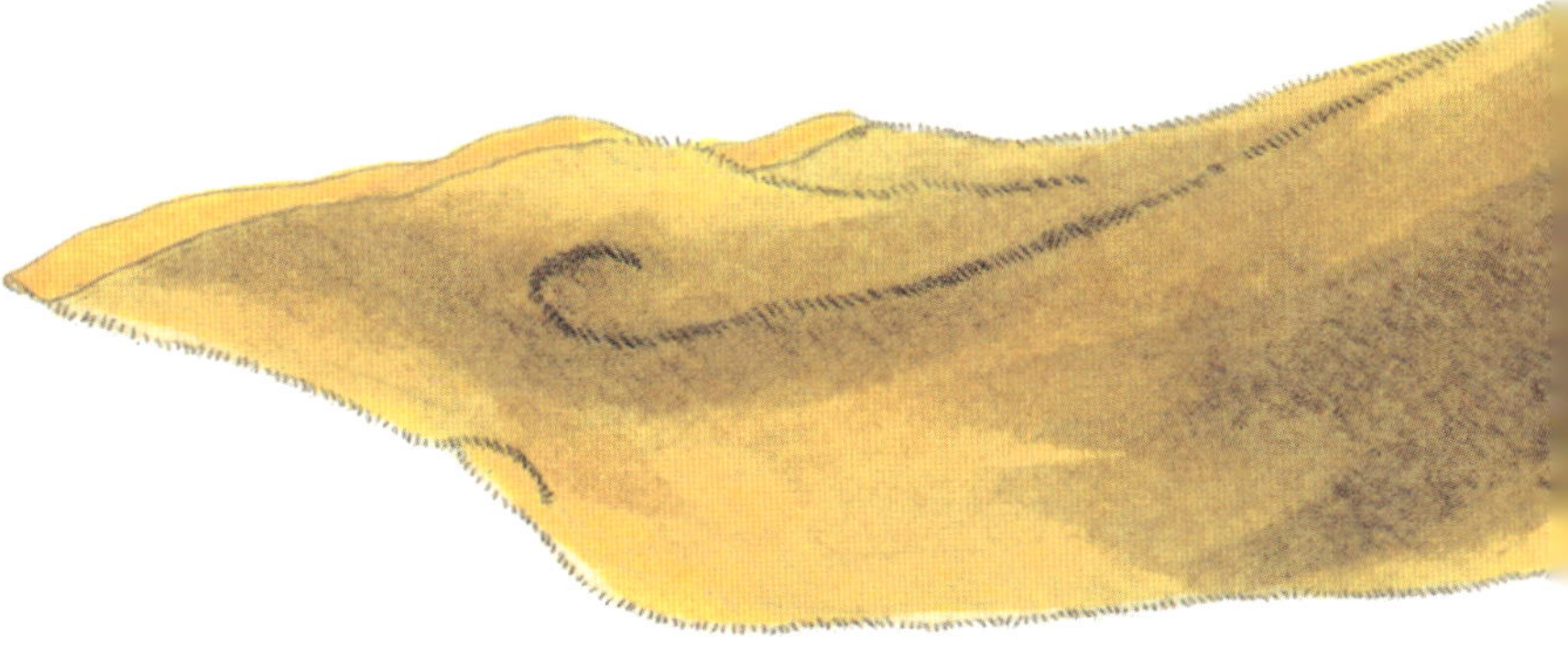

「パパ、あたまが　ふくつうで、
のどは　ずつうが　する。」
エミリーは、フレドリックを
ひきずりながら、パパの
へやに　入《はい》ってきました。
フレドリックというのは、
エミリーが　名《な》まえを　つけた、
おきに入《い》りの　もうふです。

パパは、エミリーの　おでこに　手《て》を　あてて
ききました。

「ほかに　いたい　ところは　あるかい？」

「きょねん　ぶつけた　つまさき。いたくなったり、
いたくなくなったり　するんだけど、いまは　いたい。」

「うん、おでこが　あついね。虫《むし》が　ついたな。」

と、パパは　いいました。

「虫《むし》!?　どこ？　どこに　ついてるの？」

エミリーは、
びっくりして
ききました。
「虫《むし》が　ついたって
いうのは、かぜを
ひいたってことさ。」
と、パパは
いいました。

ママは、しごとに　出《で》かけていたので、
パパが　エミリーを　ベッドに　ねかせました。
「フレドリックも！」
と、エミリーは　いいました。
パパが　フレドリックの　はしっこを
エミリーの　あごの下《した》に　おしこんでやると、
エミリーは、においを　かぎました。
「ああ！　フレドリックの　におい！」
と、エミリーは　いいました。

「あと、ヘラジカも
ほしい。」
パパは、エミリーの
ぬいぐるみを　あれこれ
さがしてみましたが、
ヘラジカだけが
見《み》あたりませんでした。
パパは、エミリーの
タンスを　あけました。

「それは、フレダよ。あ、でも、フレダも　ちょうだい。」

と、エミリーは　いいました。

「フレダの　かみのけは、どうしたんだい？」

と、パパは　ききました。

「きったの。フレダは　みじかいほうがすきなんだって。フレダが　そう　いったの。」

「そういえば、たいおんけいが　いるな。」
パパは　そう　いいながら、エミリーの
たからものが　入《はい》っている、
ひきだしを　あけました。
「あ！　それ、あたしの　お金《かね》！」
と、エミリーは　いいました。
「それも　あたしの　よこに　おいて。
そしたら　けがわの　コートとか、ほうせきとかを
かう　ゆめが　見《み》られるかもしれないでしょ。」

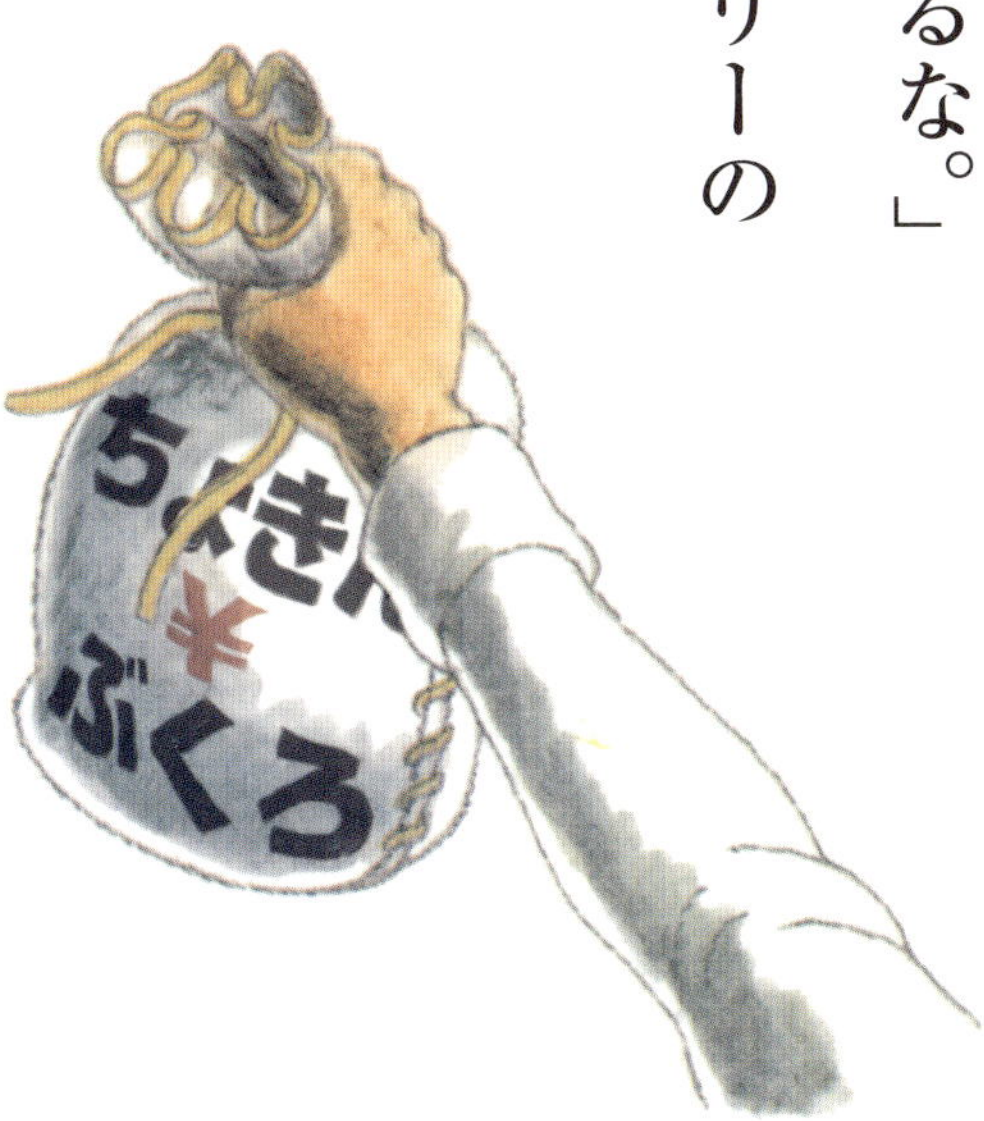

パパは、ろうかの　おし入《い》れに、
たいおんけいが　ないか、さがしに　いきました。
タオルや　シーツまで　ひっぱり出《だ》しましたが、
たいおんけいは　見《み》つかりませんでした。
あったのは、ボンボンの　ついた
エミリーの　ヘアゴムぐらいでした。

「ねえ、パパ。それで　あたしの　かみを
ポニーテールに　して！」

と、エミリーは　いいました。

「ポニーテールに　して、だって？」

と、パパは　ききかえしました。

「ポニーテールに　してください。」

エミリーは、ていねいに　いいなおしました。

パパは、エミリーの　あたまに　三《みっ》つも
ポニーテールを　つくってくれました。
一《ひと》つは、てっぺんに。あとは、右《みぎ》と　左《ひだり》に　一《ひと》つずつ。
「まるで　ふんすい　みたいだね。」
パパは、おかしそうに　いいました。
すると、エミリーは、こんな　うたを
おもいつきました。

あたしは　ふんすい
みたいでしょう？
でも　あたしは
あたしのまま　なのよ
どう？
とっても
きれいでしょう？
ポニーテールが
三《みっ》つなの

「いい　うただ。」

パパは、わらって　いいました。

それから　パパは、せんめんじょへ　いって、
くすりばこを　あけてみました。

でも、そこにも　たいおんけいは　ありませんでした。

そこへ　エミリーが、ベッドから　おきてきて　いいました。

「ねえ、パパ。おなか　いたい。おなかが　すいてるのかな。」

「まて　まて！」と、パパは　いいました。

「どら、ちょっと　おなかに　もしもし　してみよう。」

パパは、エミリーを　ベッドに　もどすと、
エミリーの　おなかに　耳《みみ》を　あてました。

「エミリーの　おなかさーん。」

と、パパが　小《ちい》さな　こえで　たずねると、

「なぁあに？」

という、おかしな　たかい　こえが　かえってきました。

「あなたは、おなかが　すいてるんですかー？」

と、パパが　きくと、おなかは、

「いーいーえーー。」と、へんじを　しました。

エミリーは、
おかしくなって
わらいだしました。
「ねえ、どうして
おなかが　しゃべるの？」
と、エミリーは　ききました。
「さあね、おなかに
きいてごらん。」
と、パパは　こたえました。

「パパ、おなか　すいた。それに　ヘラジカは？」

と、エミリーは、かぼそい　こえで　いいました。

「なにか　たべられそうかい？」

と、パパは　ききました。

「きゅうりと　マヨネーズの　サンドイッチ！」

「ほう、そんなのが　たべられるんなら　きょうは　お休《やす》みしなくても　よかったんじゃないですか？」

エミリーは、また　おかしくなって、げんきな　かおを見《み》せないように、手《て》で　かくして　わらいました。

米
ぶくろ

パパは、エミリーの　へやを　かたづけていきました。

「ねえ、ヘラジカは　どこなのよう！」

と、エミリーは　さけびました。

「たいおんけいは　どこなんだ？」

と、パパは　うなりました。

「あたし、このまま　しんじゃうのかな？　そして、てんごくまで　のぼって　いくのね。それで　つばさが　はえて、しんだ　じぶんの　まわりを　とびまわるのよ。」

「つばさ　じゃなくて、つばさ。」

と、パパは　いいました。
「それに　しんだりなんか　しないさ。
おいしゃさんが　くるまで、ベッドで　おとなしく
本《ほん》でも　よんでなさい。」
「本《ほん》なら　ぜんぶ　よんじゃったもん。」
「じゃあ、もう　一《いっ》かい　よみなさい。」
パパは、大《おお》きな　こえで　そう　いうと、
おもちゃばこの　中《なか》に　たいおんけいが　ないか
さがしはじめました。

「あたし、ぜんぶ　もう　十三《じゅうさん》かいずつ　よんだ。

そのうちの　二《に》さつなんか、二十三《にじゅうさん》かいも　よんだのよ。

あたしね、よむたびに　えんぴつで、
本《ほん》の　はしっこに　しるしを　つけてるの。」

「ほんとかい？」

パパは、おどろいて　いいました。

「そりゃ、いい　かんがえだね。」

「ねえ、パパ。おはなし　して。」

と、エミリーは　いいました。

「ロマンチックな　おはなしが
いい。せが　たかくってね、
おひげが　もじゃもじゃの
くせに、あたまが　つるぴかの
男《おとこ》の人《ひと》が　出《で》てくる　おはなし。」
パパは、にっこり　わらって、
かたりはじめました。
「むかし　むかし
ある　ところに、

あたまが　つるぴかの
王《おう》さまが　いました。
あるとき、王《おう》さまは、はなが
とんがった　おひめさまに
こいを　しました。
その　おひめさまの　名《な》まえは、
カマスさんと　いいました。」
「カマスって、さかなの
名《な》まえじゃない！」

エミリーは、わらって　いいました。

「いいや、おひめさまの　名《な》まえだったんだよ。」

パパは、しんけんな　かおで　いいました。

「それで　二人《ふたり》は、けっこんして、十一人《じゅういちにん》の王子《おうじ》と、一人《ひとり》の王女《おうじょ》に　めぐまれました。十一人《じゅういちにん》の王子《おうじ》は、みんな　あたまが　つるぴかで、赤《あか》い　あごひげをはやしていました。つるつる　おはだの　王女《おうじょ》は、マイルドレッドっていう　名《な》まえで、くろいかみのけが、もっさもさに　はえてたんだって。」

「おもしろいわね。」
エミリーは、すこし　ねむたそうに
目《め》を　こすりました。
「ねえ、パパ。ヘラジカは　どこなの？」
パパは、たいおんけいと　ヘラジカを　さがしに
だいどころへ　いきました。
しばらくすると、パパが
スープを　もって　もどってきました。

「それ、きらい。」
と、エミリーは
いいました。
「だって、それ、
ただの　スープだもの。
なにか　入《はい》ってなきゃ
いや。」
そこで　パパは、
プラスチックの

キリンの　にんぎょうを　見《み》つけると、
スープの中《なか》に
入《い》れました。
「そら、スープに
なにか　入《はい》ったよ。」
「ありがと。」
エミリーは　ぼそっと
いいました。
「どういたしまして。」

「ねえ、パパ。えを　かいて。」

と、エミリーは　いいました。

「かいぶつの　えが　いい。あたしの　かぜなんか、にげてっちゃうような　やつ。あ、でも、ほんとうは、やさしい　かいぶつなのよ。」

パパは、ためいきを　つきました。

それから　大《おお》きな　かみを　一《いち》まい　もってくると、がたがたの　はを　した、かいぶつを　かきました。

手《て》には、かわいい　ヒナギクを　もっています。

エミリーは、
にこにこしながら
いいました。
「かぜで
お休《やす》みするって、
たのしいわね。」

パパは、あたまを　さかさまにして、エミリーの
ベッドの下《した》を　のぞきこみ、ヘラジカと
たいおんけいが　ないか　さがしました。
「ねえ、ドラゴン　いた？」
と、エミリーは　ききました。
「いいや、ドラゴンは　いないよ。」
パパは、さかさまのまま　いいました。

パパが
見《み》つけたのは、
にんぎょうが　二《ふた》つと、
クレヨンが　七本《ななほん》、
それから
けが　ついた、
きいろい　ぼうつき
キャンディーが
一本《いっぽん》でした。

「その　け、
フレダのよ。」
エミリーは、
ぼうつき
キャンディーの
中《なか》で、
きいろのだけが
きらいだったのです。

つぎに　パパは、たてぶえを　ふいてくれました。
「その　きょく　すき。おどりたくなる。」
と、エミリーは　いいました。
「バッハの　きょくさ。バッハにはね、
それは　もう　たくさんの　子《こ》どもが　いてね、
その　子《こ》どもたちが　かぜを　ひくと、
こうやって　音《おん》がくを　きかせたそうだよ。」

「ねえ、〈あたしは　ねずみを　かってるの〉を　ふいて。」

と、エミリーは　いいました。

「そんな　きょく　あったかな。」

「あたしが　いま　つくったの。」

エミリーは　そう　いって、うたいはじめました。

あたしは　ねずみを　かってるの
あたしは　いぬを　かってるの
でも　その　いぬったらね
ほんとは　かえるに　なりたいの

パパは、うたの
ちょうしに　あわせて、
四《よん》かいも　ふえを
ふいてくれました。
「かぜで　お休《やす》みするって、
ほんとに　たのしい！」
と、エミリーは　いいました。
「とくに、パパと
いっしょだとね！」

つぎの日《ひ》、なんと　こんどは、パパが　かぜを
ひいてしまいました。
おでこが　あつく、のどが　いたくなってしまったのです。
パパが　ベッドに　よこになると、エミリーは、
もうふの　フレドリックと、にんぎょうの　フレダと、
お金《かね》を　もってきてあげました。
ママは、しごとを　休《やす》み、とだなから　くすりを
もってきたり、ろうかの　おし入《い》れから、
タオルや　シーツを　はこんできたりしました。

エミリーは、パパの
ベッドに　すわって、
〈あたしは　ねずみを
かってるの〉を
うたってあげたり、
フレドリックを
かぶった、おかしな
パパの　えを
かいてあげたりしました。

それから
エミリーは、パパの
ベッドの下《した》に、
ドラゴンは
いないかと
のぞいてみました。
すると――

なんと　そこに、
たいおんけいを
くわえた、
ヘラジカの
にんぎょうを
見《み》つけたんですって！

おしまい

パトリシア・マクラクラン（1938－ ）

アメリカ、ワイオミング州生まれ。コネチカット大学卒業後、ニューハンプシャー州で中学校教諭になる。1979年、本作で作家デビュー。1980年『やっとアーサーとよんでくれたね』（さ・え・ら書房）で、ゴールデン・カイト賞、アメリカ図書館協会優良賞、1986年『のっぽのサラ』（徳間書店）で、ニューベリー賞を受賞。NCBLA（National Children's Book and Literacy Alliance）役員。現在も、作家・教育者として活躍している。

ウィリアム・ペン・デュボア（1916－1993）

アメリカ、ニュージャージー州生まれ。父は画家、母は子ども服のデザイナー。幼少期をアメリカ、ニューヨークやフランス、ヴェルサイユなどで過ごし、20歳で作家デビュー。1947年『二十一の気球』（講談社）でニューベリー賞、1955年『Lion』でコルデコット・オナー賞を受賞。その他の作品に『ものぐさトミー』（岩波書店）『ねずみ女房』（福音館書店）などがある。

小宮《こみや》 由《ゆう》（1974－ ）

東京生まれ。大学卒業後、出版社勤務、留学を経て、子どもの本の翻訳に携わる。東京・阿佐ヶ谷で家庭文庫「このあの文庫」を主宰。祖父はトルストイ文学の翻訳家、北御門二郎。主な訳書に、「ぼくはめいたんてい」シリーズ（大日本図書）、「テディ・ロビンソン」シリーズ（岩波書店）、『やさしい大おとこ』（徳間書店）など、他多数。

こころのほんばこ

子どもたちがワクワクしながら、主人公や登場人物と心を重ね、うれしいこと、悲しいこと、楽しいこと、苦しいことを我がことのように体験し、その体験を「こころのほんばこ」にたくさん蓄えてほしい。その積み重ねこそが、友だちの気持ちを想像したり、喜びをわかちあったり、つらいことがあってもそれを乗り越える力になる、そう信じています。——小宮由(訳者)

こころのほんばこシリーズ

きょうは　かぜで　おやすみ

2016年2月25日　第1刷発行
2017年4月25日　第2刷発行

作者　パトリシア・マクラクラン
画家　ウィリアム・ペン・デュボア
訳者　小宮 由
発行者　藤川 広
発行所　大日本図書株式会社
〒112-0012　東京都文京区大塚3-11-6
URL　http://www.dainippon-tosho.co.jp
電話：03-5940-8678（編集）
03-5940-8679（販売）
048-421-7812（受注センター）
振替：00190-2-219
デザイン　大竹美由紀
印刷　株式会社精興社
製本　株式会社若林製本工場

ISBN978-4-477-03046-3　48P　21.0cm × 14.8cm
NDC933

©2016 Yu Komiya Printed in Japan
本書の一部あるいは全部を無断で複写複製することは、法律で認められた場合を除き著作権の侵害となります。

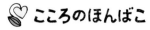